# L'assassin habite au 21

FichesdeLecture.com

# L'assassin habite au 21 (Fiche de lecture)

## I. INTRODUCTION

### L'auteur :

Né en 1908 à Liège, Steeman se fait remarquer à travers la bande dessinée en tant qu'illustrateur, avant d'exceller dans un tout autre domaine, le roman policier. Après plus d'une quarantaine d'œuvres parues, dont douze furent adaptées au cinéma, il a été choisit par l'institut Jules Destrée en 1995 pour faire partie des Cent Wallons du siècle. Cet honneur arrive 25 ans après la mort de l'auteur en France.

### L'œuvre :

*L'Assassin Habite au 21* est un roman policier paru en 1939, et adapté au cinéma en 1942 par Henri-Georges Clouzot. L'enquête nous mène au cœur de Londres, capitale terrorisée par un tueur en série signant lui-même ses crimes du nom de Mr Smith. Scotland Yard apprend rapidement que le fameux Mr Smith vivrait dans une pension de famille située au 21 Russel Square. Le superintendant Strickland mettra dès lors tout en œuvre pour démasquer le criminel le plus recherché du pays.

## II. RÉSUMÉ DU ROMAN

Alors que Mr Smith, un mystérieux tueur, a encore frappé, un certain Toby Marsh annonce aux enquêteurs de Scotland Yard qu'il a été témoin du meurtre. Mr Smith, dont on connait le nom car il signe chacun de ses homicides, est connu pour opérer durant les nuits de brouillard épais, nombreuses à Londres en plein hiver. C'est un de ces soirs brumeux que Toby Marsh assure avoir aperçu Mr Smith.

Il ne saurait l'identifier, mais il a un élément capital à fournir au superintendant Strickland en charge de l'affaire, qui va bouleverser les recherches de son équipe. Il aurait réussit à filer le meurtrier jusqu'à la porte de son domicile : le 21 Russel Square. Mais les enquêteurs ne sont pas au bout de leur surprise ; au 21 de cette rue se trouve une pension de famille.

Alors que l'on pensait l'affaire résolue suite à une telle révélation de Toby Marsh, découvrir que plusieurs personnes vivent à cette même adresse ne va finalement pas faciliter les investigations de Scotland Yard.

On découvre dans la pension de Mrs Hobson des pensionnaires aux personnalités et aux caractères très variés, qui se retrouvent tous soudainement suspectés dans l'une des pires affaires criminelles de la capitale Britannique. Durant cette période de tension générale, emménage à la pension Mr Julie, un professeur français. Il est à Londres pour étudier des œuvres du British Museum, et n'a que vaguement entendu parler de l'affaire Smith outre-manche. Ce nouvel arrivant est une occasion en or pour Strickland d'infiltrer secrètement la pension. Le superintendant demande alors à l'égyptologue de rendre service à la police anglo-saxonne en les informant des habitudes et particularités des autres locataires. Retissant, Mr Julie prend peur et refuse de collaborer. Mais le soir où il annonce son intention à Mrs Hobson de quitter immédiatement la pension, on le retrouve assassiné dans sa chambre.

L'enquête menée par Strickland va nous amener à découvrir en détail chaque pensionnaire, les uns après les autres, chaque chapitre du roman étant consacré à un suspect en particulier. Le Dr Hyde, Mr Collins, Pr Lalla Poor, Mr Crabtree, Major Fairchild, tous les hommes vivant au 21 Russel Square enchainent les interrogatoires. Mais malgré toutes les précautions prises par la police, les meurtres continuent dans les rues brumeuses de Londres. Ce Mr Smith est un véritable provocateur que les enquêteurs voient changer, évoluer. Effectivement, il ne tuerait plus seulement pour l'argent, mais également par crainte d'être dénoncé, ou pour imposer sa supériorité. Et si le mobile change, le profil du suspect aussi. L'enquête prend alors une nouvelle tournure.

Il n'y a pas un mais trois suspects, ou plutôt trois coupables, qu'il nous aurait été possible de démasquer selon l'auteur lui-même. C'est le très discret Mr Crabtree qui va résoudre l'affaire. Tous ses soupçons vont se vérifier lors d'une partie de cartes avec les trois Mr Smith : Mr Collins, Boris Andreyew et le Dr Hyde. Ils formaient tous les trois depuis le début du roman un trio macabre derrière lequel ils se cachaient. Dès que l'un était accusé par la police, un autre l'innocentait en commettant un nouvel assassina. Et dès qu'un autre était accusé, les autres lui trouvaient un alibi, etc... Ce procédé ingénieux n'aura finalement pas échappé à l'un des pensionnaires qui fera immédiatement part à la police de sa découverte avant de devenir une nouvelle victime du trio Smith.

# III. PRÉSENTATION DES PERSONNAGES

- Strickland

Superintendant de Scotland Yard, homme doté d'un fort caractère, très respecté de ses pairs, en charge de l'affaire Smith.

- Toby Marsh

Homme original déjà connu des services de police, qui est le seul témoin d'un meurtre commis par Mr Smith. Après avoir insulté un agent dans le seul but d'être enfermé (et ainsi d'être en sécurité), il donne à Scotland Yard l'information la plus précieuse de leur enquête, l'adresse de Mr Smith, qu'il aurait réussit à suivre discrètement après son septième homicide.

- Robin

Sous commissaire de Scotland Yard, c'est le bras droit du superintendant Strickland. Il est également responsable de l'affaire Smith, et va en particulier s'occuper de beaucoup d'interrogatoires.

- Mrs Hobson

Propriétaire de la pension de famille du 21 Russel Square, elle apprend avec horreur que Mr Smith vit sous son toit. Elle qui materne beaucoup ses pensionnaires et met un point d'honneur à ce qu'ils vivent tous en harmonie, a du mal à croire les accusations de la police.

- Dr Hyde

Pensionnaire du 21 Russel Square, ancien médecin assez énigmatique. Il sera notamment suspecté par les agents de Scotland Yard pour avoir caché dans sa chambre du matériel médical, donc un bistouri se trouvant être l'arme d'un crime.

- Mr Collins

Pensionnaire du 21 Russel Square extrêmement timide, notamment à cause de son bégaiement. Personnage doux et sensible, il sera pourtant l'un des premiers suspects du meurtre de Mr Julie.

- Boris Andreyew

Pensionnaire russe du 21 Russel Square au passé plutôt trouble, connu entre autre pour flirter avec Mrs Hobson la maitresse de maison. Il sera également soupçonné par Scotland Yard à cause de ses nombreuses pro-vocations envers la police et sa fâcheuse tendance à connaître certains détails de l'affaire Smith.

- Pr Lalla Poor

Pensionnaire hindou du 21 Russel Square, connu en ville pour donner chaque soir un spectacle de magie. En général il amuse les autres pen-sionnaires durant les repas et se moque du Major Fairchild qui pense parler hindou.

- Major Fairchild

Pensionnaire du 21 Russel Square, retraité de l'armée des indes, qui aime-rait parfois que les autres pensionnaires obéissent comme des soldats. Il a mauvais caractère et s'énerve souvent, mais les habitants ont l'habitude et ne lui en tiennent pas rigueur.

- Miss Pawter

Pensionnaire sympathique du 21 Russel Square, ayant pour passion de créer des slogans à longueur de journée sur tous les thèmes. Elle demande régulièrement aux autres pensionnaires ce qu'ils pensent de ses slogans, mais ils n'y sont pas très sensibles.

- Mr Crabtree

Pensionnaire du 21 Russel Square totalement soumis à son épouse. Difficile de savoir ce qu'il pense, car celle-ci ne le laisse jamais s'exprimer, terminant systématiquement ses phrases.

- Mrs Crabtree

Pensionnaire du 21 Russel Square qui domine littéralement son mari. C'est une véritable castratrice qui sabote quasiment toutes les entrevues de la police avec son époux, s'empressant toujours de répondre avant lui « ce que mon mari veut dire… ».

- Miss Holland

Pensionnaire du 21 Russel Square qui semble légèrement déconnectée de la réalité. Elle sort peu et préfère s'occuper des nombreux chats vivant dans la propriété. Elle les ramasse pour la plupart dans les rues de Londres après qu'ils aient été abandonnés, ce qui ne plait pas toujours à Mrs Hobson.

- Mr Julie

Pensionnaire français du 21 Russel Square, qui n'aura pas profité bien longtemps de l'accueil de Mrs Hobson. Professeur en égyptologie venu à Londres pour étudier des œuvres du British Museum, il sera assassiné par Mr Smith dans sa chambre dès son arrivée.

- Mr Smith

Criminel recherché par Scotland Yard, qui vit lui aussi au 21 Russel Square.

# IV. AXES DE LECTURE

- Les codes du roman policier

Le roman policier, comme tout genre littéraire, doit respecter un certain nombre d'exigences pour prétendre à cette appellation. Le polar, longtemps considéré, à tort, comme une catégorie illégitime, a réussit grâce à des œuvres comme celle que nous étudions, à s'imposer dans le paysage littéraire.

Dans *L'Assassin Habite au 21*, Steeman entre dans le concept du roman de détection, ou ce que les anglo-saxons appellent le « *whodunit* ». C'est-à-dire que la construction et la composition de l'énigme sont prédominantes. L'auteur donne une chance au lecteur de résoudre lui-même l'affaire, grâce à de multiples indices qui apparaissent tout au long de l'histoire. Le lecteur reçoit ainsi exactement les mêmes informations que les personnages qui mènent l'enquête. Une telle immersion permet alors au lecteur de résoudre le mystère du livre avant le détective lui-même.

Steeman use de ce procédé d'une façon tout à fait particulière au chapitre 22, en nous interpellant directement par un « *au lecteur* ». Il nous explique que grâce à certains éléments dispersés parmi les chapitres précédents nous devrions déjà être capables de connaître l'identité du meurtrier. En quelques lignes nous voici devenus de vrais protagonistes. De la même manière que Mr Smith ridiculise Scotland Yard à travers ses crimes répétés et irrésolus, l'auteur nous provoque, expliquant qu'il ne tient qu'à nous d'être plus malins que ses personnages.

Tout l'intérêt de l'œuvre est là. Outre les étapes incontournables du polar (le crime, le coupable, la victime, l'investigation, le mobile), qui peuvent rapidement manquer d'originalité, c'est cette écriture singulière, ce style novateur de Steeman qui maintient notre curiosité. En effet, si le principal objet d'un roman policier est d'élucider une affaire, il n'en est pas de même ici. L'auteur se joue des codes et fait passer l'enquête policière au premier plan, avant la découverte du coupable. Mais le dénouement de *L'Assassin Habite au 21* est malgré tout surprenant et satisfaisant.

–   Une traque infernale

Comme l'indique le titre même de l'ouvrage, l'assassin habite au 21. Plus précisément au 21 Russel Square à Londres. Nous savons également dès le premier chapitre que le tueur est un certain Mr Smith, d'après les cartes de visite qu'il laisse sur le corps de chacune de ses victimes. Il est l'ennemi numéro un, le criminel le plus recherché du pays, et nous comprenons vite que connaître son adresse ne rendra pas sa capture plus facile. A la pension de famille du 21 vivent onze personnes, soit onze suspects aux yeux de Strickland, le superintendant en charge de l'affaire. Cette enquête est certainement la plus importante de sa carrière, et il s'investit corps et âme à sa résolution.

Après avoir mis la pension sous surveillance, les interrogatoires commencent. La tension est palpable, l'ambiance est électrique. Les policiers ont du mal à tenir les hordes de journalistes à l'écart de la propriété de Mrs Hobson et les résidents se méfient des uns des autres tout en ne comprenant pas ce qui leur arrive subitement.

Mais malgré tous les efforts de enquêteurs, dès qu'ils pensent tenir le coupable, un nouveau meurtre est commis, innocentant par la même occasion les pensionnaires les uns après les autres. On douterait presque du fait que l'assassin vive bien à cette adresse comme le soutenait pourtant Toby Marsh.

Strickland va rapidement faire de l'arrestation de Mr Smith une affaire personnelle. En effet, la plupart des enquêteurs de cette trempe confrontés à ce genre d'investigation, ne vivent plus que pour y mettre fin. Impossible de penser à autre chose qu'à l'arrestation d'un pareil tueur en série. C'est une véritable obsession pour Strickland qui met pourtant tout en œuvre pour trouver Mr Smith coute que coute. Car le fait que ce dernier soit toujours en liberté met non seulement la vie des londoniens en danger, mais également la crédibilité du superintendant. Il paraît aberrant qu'un seul homme puisse défier tout Scotland Yard, et la presse ne tarde pas à le faire remarquer.

Cet aspect de l'enquête est très original et résolument moderne. A travers cette chasse à l'homme pleine de rebondissements, les commissaires confrontés aux unes de journaux, et les méthodes de plus en plus radicales employées par Strickland, Steeman montre tout ce à quoi la police doit faire face lors d'une telle affaire. Scotland Yard doit non seulement traquer un criminel, mais aussi se défendre du reste de la population, qu'elle tente pourtant de protéger. De même que les pensionnaires se défendent durant les multiples interrogatoires.

Ce parallèle tend même à inverser les rôles entre Strickland et Mr Smith. Car si c'est bien lui le meurtrier, c'est Scotland Yard qui devient responsable des crimes qui ne parviennent pas à être empêchés.

-    Un style unique

L'écriture de Steeman est extrêmement novatrice pour l'époque (<u>L 'Assassin Habite au 21</u> est paru en 1939). Plusieurs points de vue narratifs sont utilisés tout au long du roman. Dans le prologue c'est Mr Smith qui s'exprime à travers un point de vue interne. C'est-à-dire que l'action est vue, perçue par le personnage, qui exprime ses sentiments et ses réflexions à la première personne. Les informations auxquelles nous avons accès sont limitées par le narrateur, nous ne savons et ne voyons que ce qu'il sait et voit de la situation. Le lecteur entre donc dans l'histoire de manière directe et assez surprenante puisqu'il se retrouve face au meurtrier dont il va tenter de découvrir l'identité par la suite.

Durant les chapitres suivants c'est un narrateur omniscient qui nous décrit les évènements. Il est comme nous spectateur de toutes les scènes, et nous informe de tout ce qu'il connait. Il sait tout des personnages et de leurs vies, il connait leurs pensées et leurs émotions, et nous avons besoin de lui pour suivre l'histoire.

Nous trouverons également deux passages de l'œuvre où nous sommes confrontés à un point de vue externe. L'auteur lui-même s'adresse à nous, en s'infiltrant dans le roman.

La construction même du roman est très intéressante, et il n'est pas étonnant qu'il est été par la suite adapté au cinéma. Nombreuses sont les scènes propices à une adaptation visuelle, non seulement grâce aux descriptions de l'auteur mais également par l'ambiance générale qui règne entre les personnages. De plus, la plupart des scènes se déroulent en huit-clos (la pension, la cellule d'interrogatoire), ce qui créer une atmosphère particulière.

# Dans la même collection en numérique

Les Misérables
Le messager d'Athènes
Candide
L'Etranger
Rhinocéros
Antigone
Le père Goriot
La Peste
Balzac et la petite tailleuse chinoise
Le Roi Arthur
L'Avare
Pierre et Jean
L'Homme qui a séduit le soleil
Alcools
L'Affaire Caïus
La gloire de mon père
L'Ordinatueur
Le médecin malgré lui
La rivière à l'envers - Tomek
Le Journal d'Anne Frank
Le monde perdu
Le royaume de Kensuké
Un Sac De Billes
Baby-sitter blues
Le fantôme de maître Guillemin
Trois contes
Kamo, l'agence Babel
Le Garçon en pyjama rayé
Les Contemplations

*Escadrille 80*

*Inconnu à cette adresse*

*La controverse de Valladolid*

*Les Vilains petits canards*

*Une partie de campagne*

*Cahier d'un retour au pays natal*

*Dora Bruder*

*L'Enfant et la rivière*

*Moderato Cantabile*

*Alice au pays des merveilles*

*Le faucon déniché*

*Une vie*

*Chronique des Indiens Guayaki*

*Je voudrais que quelqu'un m'attende quelque part*

*La nuit de Valognes*

*Œdipe*

*Disparition Programmée*

*Education européenne*

*L'auberge rouge*

*L'Illiade*

*Le voyage de Monsieur Perrichon*

*Lucrèce Borgia*

*Paul et Virginie*

*Ursule Mirouët*

*Discours sur les fondements de l'inégalité*

*L'adversaire*

*La petite Fadette*

*La prochaine fois*

*Le blé en herbe*

*Le Mystère de la Chambre Jaune*

*Les Hauts des Hurlevent*

*Les perses*

*Mondo et autres histoires*

*Vingt mille lieues sous les mers*

*99 francs*

*Arria Marcella*

*Chante Luna*

Emile, ou de l'éducation
Histoires extraordinaires
L'homme invisible
La bibliothécaire
La cicatrice
La croix des pauvres
La fille du capitaine
Le Crime de l'Orient-Express
Le Faucon malté
Le hussard sur le toit
Le Livre dont vous êtes la victime
Les cinq écus de Bretagne
No pasarán, le jeu
Quand j'avais cinq ans je m'ai tué
Si tu veux être mon amie
Tristan et Iseult
Une bouteille dans la mer de Gaza
Cent ans de solitude
Contes à l'envers
Contes et nouvelles en vers
Dalva
Jean de Florette
L'homme qui voulait être heureux
L'île mystérieuse
La Dame aux camélias
La petite sirène
La planète des singes
La Religieuse
1984 A l'Ouest rien de nouveau
Aliocha
Andromaque
Au bonheur des dames
Bel ami
Bérénice
Caligula
Cannibale
Carmen

*Chronique d'une mort annoncée*

*Contes des frères Grimm*

*Cyrano de Bergerac*

*Des souris et des hommes*

*Deux ans de vacances*

*Dom Juan*

*Electre*

*En attendant Godot*

*Enfance*

*Eugénie Grandet*

*Fahrenheit 451*

*Fin de partie*

*Frankenstein*

*Gargantua*

*Germinal*

*Hamlet*

*Horace*

*Huis Clos*

*Jacques le fataliste*

*Jane Eyre*

*Knock*

*L'homme qui rit*

*La Bête humaine*

*La Cantatrice Chauve*

*La chartreuse de Parme*

*La cousine Bette*

*La Curée*

*La Farce de Maitre Pathelin*

*La ferme des animaux*

*La guerre de Troie n'aura pas lieu*

*La leçon*

*La Machine Infernale*

*La métamorphose*

*La mort du roi Tsongor*

*La nuit des temps*

*La nuit du renard*

*La Parure*

*La peau de chagrin*
*La Petite Fille de Monsieur Linh*
*La Photo qui tue*
*La Plage d'Ostende*
*La princesse de Clèves*
*La promesse de l'aube*
*La Vénus d'Ille*
*La vie devant soi*
*L'alchimiste*
*L'Amant*
*L'Ami retrouvé*
*L'appel de la forêt*
*L'assassin habite au 21*
*L'assommoir*
*L'attentat*
*L'attrape-coeurs*
*Le Bal*
*Le Barbier de Séville*
*Le Bourgeois Gentilhomme*
*Le Capitaine Fracasse*
*Le chat noir*
*Le chien des Baskerville*
*Le Cid*
*Le Colonel Chabert*
*Le Comte de Monte-Cristo*
*Le dernier jour d'un condamné*
*Le diable au corps*
*Le Grand Meaulnes*
*Le Grand Troupeau*
*Le Horla*
*Le jeu de l'amour et du hasard*
*Le Joueur d'échecs*
*Le Lion*
*Le liseur*
*Le malade imaginaire*
*Le Mariage de Figaro*
*Le meilleur des mondes*

*Le Monde comme il va*

*Le Parfum*

*Le Passeur*

*Le Petit Prince*

*Le pianiste*

*Le Prince*

*Le Roman de la momie*

*Le Roman de Renart*

*Le Rouge et le Noir*

*Le Soleil des Scortas*

*Le Tartuffe*

*Le vieux qui lisait des romans d'amour*

*L'Ecole des Femmes*

*L'Ecume Des Jours*

*Les Bonnes*

*Les Caprices de Marianne*

*Les cerfs-volants de Kaboul*

*Les contes de la Bécasse*

*Les dix petits nègres*

*Les femmes savantes*

*Les fourberies de Scapin*

*Les Justes*

*Les Lettres Persanes*

*Les liaisons dangereuses*

*Les Métamorphoses*

*Les Mouches*

*Les Trois mousquetaires*

*L'étrange cas du Dr Jekyll et de Mr Hyde*

*L'Ile Au Trésor*

*L'île des esclaves*

*L'illusion comique*

*L'Ingénu*

*L'Odyssée*

*L'Ombre du vent*

*Lorenzaccio*

*Madame Bovary*

*Manon Lescaut*

*Micromégas*

*Mon ami Frédéric*

*Mon bel oranger*

*Nana*

*Ne tirez pas sur l'oiseau moqueur*

*Notre-Dame de Paris*

*Oliver twist*

*On ne badine pas avec l'amour*

*Oscar et la dame rose*

*Pantagruel*

*Le Misanthrope*

*Perceval ou le conte du Graal*

*Phèdre*

*Ravage*

*Roméo et Juliette*

*Ruy Blas*

*Sa Majesté des Mouches*

*Si c'est un homme*

*Stupeur et tremblements*

*Supplément au voyage de Bougainville*

*Tanguy*

*Thérèse Desqueyroux*

*Thérèse Raquin*

*Ubu Roi*

*Un Barrage contre le Pacifique*

*Un long dimanche de fiançailles*

*Un secret*

*Vendredi ou la vie sauvage*

*Vipère au poing*

*Voyage au bout de la nuit*

*Voyage au centre de la terre*

*Yvain ou le Chevalier au lion*

*Zadig*

# À propos de la collection

La série FichesdeLecture.com offre des contenus éducatifs aux étudiants et aux professeurs tels que : des résumés, des analyses littéraires, des questionnaires et des commentaires sur la littérature moderne et classique. Nos documents sont prévus comme des compléments à la lecture des oeuvres originales et aide les étudiants à comprendre la littérature.

Fondé en 2001, notre site FichesdeLectures.com s'est développé très rapidement et propose désormais plus de 2500 documents directement téléchargeables en ligne, devenant ainsi le premier site d'analyses littéraires en ligne de langue française.

FichesdeLecture est partenaire du Ministère de l'Education du Luxembourg depuis 2009.

Plus d'informations sur www.fichesdelecture.com

ISBN: 978-2-511-02867-4

Notes :